DE LA DÉCADENCE

DE

L'ART DRAMATIQUE

DE SES CAUSES

ET DES MOYENS D'Y REMÉDIER.

Imprimerie de Hennuyer et Cᵉ, rue Lemercier, 24. Batignolles.

DE LA DÉCADENCE

DE

L'ART DRAMATIQUE

DE SES CAUSES,

ET DES MOYENS D'Y REMÉDIER,

PAR

ÉDOUARD MARTEAU.

Sic vos non vobis. (VIRGILE.)

Ne faites pas aux autres ce que vous ne vou-
driez pas qu'on vous fît.   (*Evangile.*)

PARIS

DENTU, LIBRAIRE, PALAIS-NATIONAL,

Galerie Vitrée, nᵒ 13.

—

1849

PROLOGUE.

Si notre tâche devait se borner à proclamer la décadence de l'art dramatique en France ;

Si nous n'avions un autre but que celui d'exalter le mérite des chefs-d'œuvre anciens, en accusant l'infériorité des productions modernes ;

S'il nous était seulement donné de rappeler les noms illustres que la France prononce avec orgueil pour effacer la gloire des noms qui grandissent parmi nous ;

Nous n'aurions pas entrepris ce travail, nous aurions laissé les théâtres et les journaux désespérer de notre avenir dramatique.

Mais une conviction profonde, mais une indignation généreuse, nous ordonnent d'élever la voix pour dénoncer et confondre les viles passions qui dominent ces hommes qu'on entend répéter sans cesse : « L'art se meurt, les œuvres sont impossibles, les hommes de génie ne se rencontrent plus... »

Erreur! mensonge! blasphème! le génie est immortel, les œuvres se préparent, les hommes vont paraître.

Que faites-vous donc, vous qui devriez veiller sur le feu sacré qui semble prêt à s'éteindre!... Ne poussez point des cris de détresse; Empressez-vous plutôt à ranimer la flamme expirante.

Et toi, jeune homme, que l'inspiration divine a visité, n'écoute pas ces sinistres augures qui décourageraient ton génie; crois, espère et travaille; ces hommes illustres, dont on invoque les souvenirs, étendent vers toi leurs palmes immortelles; que leurs exemples animent ton courage! que leurs œuvres dirigent tes efforts!... Espère, travaille, et n'abandonne pas ton œuvre, ta sœur, ta compagne, qui a souvent essuyé tes larmes et consolé ta misère; tes entrailles se sont émues à son premier sourire; tu as demandé pour elle, au divin Créateur, des beautés inconnues à la terre; tu l'as couronnée des fleurs que ta jeune imagination t'a données si brillantes et si fraîches; tu l'as faite si belle que tu l'as jugée digne de l'admiration des hommes; et tu veux la produire au théâtre, car son succès doit être ta récompense et ton orgueil.

Arrête, imprudent!... Avant de parcourir une route inconnue, laisse-nous diriger tes pas incertains;... écoute nos conseils, qui doivent éloigner les dangers qui menacent ton inexpérience;... laisse-nous t'épargner les déceptions cruelles qui briseraient ton courage...

Prends garde!... tandis que tu marches au hasard, dans les ténèbres, les yeux au ciel, où tes regards poursuivent la trace enflammée d'une étoile qui fuit à l'horizon, tu ne vois pas ce vil serpent qui rampe à tes pieds et qui va bientôt t'enlacer de ses replis et se repaître de ton sang.

Tu crois, sans doute, que le théâtre est un temple desservi par des hommes dévoués au culte de l'art.

Apprends donc que le temple est depuis longtemps envahi par les vendeurs, qui en ont fait une maison de trafic, et qu'on attend encore l'homme au divin génie qui doit les en chasser.

Interroge ces jeunes enthousiastes qui ont voulu, comme toi, se présenter au théâtre, sans

autre appui que leur talent, sans autre protection que leurs œuvres.

Les uns te répondront qu'ils ont été insolem-
ment repoussés par des influences rivales; les
autres, qu'ils se sont retirés devant des conditions humiliantes; d'autres, qu'ils se sont éloi-
gnés pour ne point acquitter le honteux tribut
qui leur était imposé; d'autres, enfin, te diront
que leur confiance a été déloyalement surprise,
et qu'ils ont été indignement spoliés par des
hommes exercés aux rapines, enhardis par l'im-
punité.

Nous venons à notre tour dévoiler les combinaisons ténébreuses qui livrent les théâtres à
quelques spéculateurs insatiables.

Nous venons dénoncer de nouveau le scan-
dale impuni de cette odieuse exploitation qui
doit succomber enfin sous les malédictions de
ses victimes indignées.

Qu'elles se réunissent donc pour l'arracher
des ténèbres où elle se cache, pour la traîner au
grand jour qu'elle redoute, pour la dévouer au
mépris public, qui doit en faire justice!!!

Il est temps d'affranchir de ces misérables en-
traves l'art dramatique réduit aux mesquines

proportions d'une exploitation commerciale;...

Il est temps de révéler le secret de l'inépuisable fécondité de ces grands auteurs, manufacturiers dramatiques, qui, pour mettre en œuvre les idées qu'ils volent ou qu'ils achètent, payent à des mercenaires trois francs par jour.

Il est temps d'indiquer les sources impures de la fortune rapide de ces habiles négociants, qui ne cessent d'inonder des produits de leurs fabriques, les théâtres dont ils se réservent le monopole.

Grands hommes, qui se sont ainsi fait un piédestal de gloire et d'opulence!

Mais il ne suffit point de détester les honteux excès de la tyrannie, il faut lui opposer de solides barrières, il faut asseoir la liberté conquise sur des bases inébranlables.

Il ne suffit point de proclamer l'indépendance de l'art dramatique, il faut l'entourer d'institutions libérales et protectrices.

Cette pensée, mûrie par de sérieuses méditations, nous a dicté cette œuvre.

Nous voulons que les auteurs rencontrent désormais, à leur début dans la carrière, non point des envieux, non point des rivaux qui les repoussent, mais des amis, des frères qui leur tendent les mains. Ces règlements arbitraires, que le mérite proscrit a tant de fois accusés, nous les voulons remplacer par des conditions justes et loyales, qui consacrent ses droits rétablis, qui maintiennent sa dignité reconnue.

Nous voulons éloigner ces influences malfaisantes, qui se placent entre le poëte et le public; sombres nuages qui viennent obscurcir et voiler aux regards l'éclat envié d'une gloire nouvelle.

Nous voulons qu'un intrigant subtil ne puisse plus voler impunément à l'homme de génie l'idée sublime qui doit rendre son nom glorieux et peut-être immortel.

Nous voulons enfin rétablir la souveraineté des grands principes d'indépendance et de moralité dans l'art dramatique.

Nous pensons que le poëte, illustre par ses œuvres, doit s'honorer par ses actions.

Ces nobles intentions, dignes d'inspirer un talent plus élevé, feront peut-être pardonner à l'auteur les nombreuses imperfections d'un travail dont l'utilité doit être le seul mérite.

DE LA DÉCADENCE

DE

L'ART DRAMATIQUE

DE SES CAUSES

ET DES MOYENS D'Y REMÉDIER.

———•———

I

Je suppose qu'un jeune poëte, heureusement inspiré, vient de terminer une œuvre dramatique. Ambitieux d'obtenir des applaudissements mérités, il a épuisé toutes les ressources de son génie, tous les efforts d'un travail consciencieux. Il va donc, plein de confiance et de courage, porter son œuvre au Théâtre – Français. Il parvient au secrétariat, il demande lecture...
« On lui répond qu'un règlement, rédigé par
« MM. les comédiens, décide que nul ne doit être
« admis à lire devant le Comité, sans un examen
« préalable, s'il n'est auteur d'un certain nombre
« d'actes joués sur un théâtre royal [1]. »

[1] Sébastien Rhéal, *De la Réforme théâtrale* ; Paris, Albert frères, éditeurs, 1847, page 8.

Voilà donc notre auteur réduit à livrer cette œuvre, qui lui a coûté tant de soins et de veilles, à des inconnus, dont il ne doit obtenir aucunes conditions, aucunes garanties. Se mettra-t-il à la discrétion d'un agent examinateur dont on ne lui offre pas même le nom, comme une garantie de son aptitude et de sa probité? « Que « cet examinateur soit un homme de lettres ou « un employé à gages, ou, comme quelques- « uns le supposent, un moyen commode pour « écarter qui déplaît et piller qui plaît, silence « complet là-dessus [1]. »

Un examinateur anonyme, agent invisible, peut donc, suivant sa consigne ou son jugement arbitraire, condamner sans appel un talent méconnu, confondre des espérances légitimes, briser un noble courage...

Ne préférerait-on pas une franchise brutale, qui interdirait formellement l'accès du Théâtre-Français au mérite inconnu, à cet accueil dédaigneux, à ces insidieuses conditions?... Il est évident que de tels procédés doivent exciter à la fois le mécontentement et la défiance de l'au-

[1] Sébastien Rhéal, *De la Réforme théâtrale*; Paris, Albert frères, éditeurs, 1847, page 9,

teur humilié, qui confondra par un digne refus des exigences arbitraires.

Renonçant au Théâtre-Français, l'auteur pensera peut-être au théâtre de l'Odéon ; mais il apprendra bientôt que les mêmes règlements y sont en vigueur, que les mêmes conditions y sont imposées.

Le voilà donc contraint de s'adresser aux théâtres secondaires ; là, on lui répondra qu'il existe dans les traités conclus entre les administrations de ces théâtres et la Société des auteurs dramatiques une clause spéciale, qui soumet expressément les auteurs non représentés sur un théâtre royal, au dépôt préalable de leurs manuscrits et à l'examen secret de leurs ouvrages... Il est vrai que cette clause n'existe point dans les traités passés par la Société des auteurs dramatiques avec les théâtres de vaudevilles, mais les administrations de ces théâtres, adoptant les formes généralement suivies, imposent également aux auteurs non représentés l'examen préalable de leurs ouvrages.

Ces étranges conditions de dépôt, sans garantie, de l'œuvre dramatique manuscrite entre les mains de personnes inconnues, et d'examen se-

cret exercé par des juges anonymes, sont donc
imposées dans tous les théâtres aux auteurs non
représentés... Au Théâtre-Français comme à
l'Odéon, elles sont inscrites dans les règlements
rédigés par les comédiens et tolérés par le pouvoir; dans les autres théâtres, elles sont imposées par les traités conclus entre les administrations de ces différents théâtres et la Société
des auteurs dramatiques... Ce sont donc des
conditions générales, expresses, inévitables, que
doivent subir les auteurs non représentés.

Mais qu'arrive-t-il à l'auteur trop timide qui,
n'osant braver des règlements arbitraires, livre
imprudemment son ouvrage?... Après lui avoir
fait souffrir les lentes tortures d'une incertitude
prolongée, on lui rend son manuscrit en justi-
fiant à peine le cruel refus qui lui était d'avance
réservé... Puis un jour on représente une pièce
nouvelle pompeusement annoncée, et le malheureux reconnaît son ouvrage; il le voit accueilli, fêté, et il se tord les mains ; mais l'auteur
célèbre est là, il a daigné s'attribuer l'œuvre d'un
inconnu dont il mépriserait les plaintes ignorées,
et lui, le vrai poëte, n'ose se lever et crier au public : Cette pièce, c'est la mienne !... ces applau-

dissements, c'est à moi qu'ils sont dus!... Non ; il
se tait, il dévore son affront, et le spoliateur insolent se laisse féliciter sans rougir d'un nouveau succès dont il recueille impunément la
gloire et le produit... Et quand on vient à penser
que des hommes qui ont pu mériter au théâtre
des applaudissements légitimes, emploient de
tels moyens pour en obtenir de nouveaux
que des hommes auxquels des succès mérités ont créé une haute influence dans les
théâtres, abusent ainsi des avantages de leur
position pour violer un dépôt qui devrait être
sacré, pour surprendre une idée neuve, pour
s'approprier un sujet heureux, qui est peut-être
la seule richesse, la dernière espérance d'un
poëte ignoré!... Et que ces usurpateurs perfides, pour excuser leurs coupables emprunts,
ne viennent pas accuser la faiblesse de l'œuvre
qui leur a servi de modèle! Car ils savent
aussi bien que personne que la pensée pre-
mière constitue l'œuvre véritable, que le génie
qui crée est supérieur au talent qui exécute, et
que sans l'invention, il n'y aurait point de
pièce!... Aussi les auteurs, victimes de ces honteux larcins, ne font-ils que remplir un devoir

en livrant à la publicité de pareils actes, qui seraient sans doute moins fréquents s'ils étaient plus souvent dénoncés.

L'auteur d'une œuvre dramatique inédite ne doit donc, dans aucune circonstance et sous aucun prétexte, abandonner son manuscrit à des mains étrangères; il doit opposer une inflexible résolution aux sollicitations perfides, aux avances insidieuses; il ne doit enfin se livrer à personne, s'il veut s'épargner de pénibles déceptions, d'irréparables dommages, d'inutiles regrets.

Il est évident qu'un poëte inconnu ne peut arriver au théâtre sans l'appui d'une imposante protection; mais où trouver cette protection indispensable?... S'adressera-t-il d'abord à la Société des auteurs dramatiques?... Il lui sera répondu que la Société ne reçoit dans son sein que les auteurs dramatiques représentés.

Il faudra donc chercher ailleurs.

Malheureusement, tout le monde ne peut pas s'appuyer du bon vouloir d'un ministre; tout le monde n'est point honoré du bienveillant appui d'un comédien influent, ou de la protection souveraine d'une actrice applaudie...

Supposons enfin qu'à force de démarches et de sollicitations, l'auteur obtienne cette grâce tant désirée; une lecture directe, immédiate, sans intervention d'un examinateur. A-t-il surmonté tous les obstacles? ou bien les difficultés ont-elles seulement changé de nature et de nom?

Il est vrai que le sort de son ouvrage ne doit plus dépendre de l'intelligence bornée ou des préventions aveugles d'un examinateur de rencontre.

Mais, avant de soumettre son œuvre aux juges qui lui sont proposés, l'auteur doit être bien persuadé que ces juges, honorés pour une probité sévère, éclairés par des études sérieuses, distingués par un mérite éprouvé, sont à la fois dignes de l'entendre et capables de le juger.

Il doit récuser un tribunal dont le goût incertain et les tendances vulgaires condamneraient sans doute les poétiques hardiesses d'un génie audacieux.

Il doit récuser un tribunal dont la conscience douteuse peut être facilement égarée par des passions égoïstes, par des préventions malveillantes.

2

Il doit récuser des juges corrompus, dont les
serviles arrêts sont vendus aux caprices d'un
directeur dominé par des exigences de bou-
doirs ou des influences de coteries.

Et qu'on ne vienne point dire que nous exci-
tons des défiances injustes en supposant des
périls imaginaires! Faut-il rappeler cette réponse d'un directeur à un jeune poëte, qui
ayant acheté sa bienveillance intéressée, lui
exprimait quelque inquiétude sur la décision du
Comité de lecture : « Soyez tranquille; je n'ai
« un Comité que pour refuser les pièces dont
« je ne veux pas... Je lirai la vôtre moi-même,
« et quand je lis... [1] »

Oui, nous le répétons, l'auteur doit récuser
des juges qui ne lui offrent pas de sérieuses garanties d'indépendance, d'aptitude et de moralité; car s'il a la faiblesse de les accepter sans
examen, il sera bientôt puni de son imprudente
complaisance par l'humiliation d'un injuste
refus, et par les conséquences funestes de coupables indiscrétions.

Il est constant que les différents Comités de

---

[1] *La manière de faire recevoir une pièce au théâtre royal
de l'Odéon*, par Constant Hilbey; Paris, 1845, page 7.

lecture sont généralement composés d'hommes honorables dont les intentions sont droites, dont la conscience est pure, qui comprennent et respectent l'engagement d'honneur contracté envers l'auteur qui ne craint pas de confier à leur discrétion, à leur loyauté son œuvre, c'est-à-dire, sa gloire et sa fortune. Mais il est aussi des intrigants perfides, qui, abusant de leurs relations intimes avec certains membres de ces Comités, trop confiants peut-être, provoquent habilement des indiscrétions, sollicitent des confidences coupables, dont ils savent tirer bon parti. Puis, quand ils ont surpris un sujet intéressant, une idée féconde et nouvelle, ils font bientôt représenter sur un théâtre dont l'accès leur est facile, une imitation de l'œuvre originale dont ils recueillent ainsi les glorieuses prémices; et l'auteur spolié lutte encore contre les obstacles qui l'arrêtent, que déjà sa pièce a cessé d'être nouvelle.

Certes, nous ne craignons pas d'être démenti!... L'exactitude de notre récit est trop bien prouvée par l'éclat scandaleux des nombreuses protestations que soulevèrent tant de fois ces usurpations déloyales... Et maintenant, l'auteur qui aura obtenu lecture se croira-t-il encore près d'atteindre le but?

Faut-il donc que le poëte sacrifie à d'indignes obstacles la noble ambition d'une gloire légitime ! Faut-il qu'il réduise les puissants efforts de son génie enchaîné !... Faut-il qu'il enferme dans une cage étroite cet aigle captif qui veut déployer ses ailes ! Ensevelira-t-il dans l'ombre d'un éternel oubli son œuvre, digne espoir d'un glorieux avenir, qui se débat dans un froid linceul !... Poëte obscur et dédaigné, il ne peut lui créer la noble existence qu'elle réclame; il ne peut maintenir ses droits méconnus; il a préservé sa pureté virginale des dangers qui la menaçaient; il comprend qu'il ne peut plus la défendre, et, comme le Romain austère, il l'aime mieux morte que flétrie... Mais tous les hommes ne sont point capables de ces cruautés sublimes. Il arrive plus souvent que le poëte, menacé par la misère, contraint par la nécessité, se résigne à subir les conditions rigoureuses de ces auteurs, influents au théâtre, dont on peut acheter l'assistance égoïste et le concours intéressé. Il va donc tenter l'orgueil et l'avarice d'un honorable industriel en le priant d'accepter, à titre de collaborateur, la moitié du succès et du produit de son œuvre. Mais en s'abaissant ainsi devant une influence vénale, il ne comprend pas, l'imprudent, qu'il accepte volontairement une dépendance humiliante. Il ne comprend pas le danger de se livrer à un homme assez peu scrupuleux pour conclure de tels marchés. Il ne comprend pas que l'imprudence de sa démarche, que l'aveu de son impuissance, établissant la supériorité de cet homme, le soumettent à ses exigences. Il ignore sans doute que la résignation des opprimés encourage la tyrannie. Aussi le protecteur insolent ne craindra-t-il pas d'imposer au patient solliciteur ses volontés arbitraires. Il ne se contentera pas d'une lecture de la pièce soumise à son infaillible expérience, il retiendra le manuscrit, sous le prétexte de l'examiner plus à l'aise; puis, enfin, il se débarrassera des importunités de l'auteur, en lui répondant que cet ouvrage ne peut lui convenir; qu'il ne lui paraît pas susceptible d'obtenir un succès d'argent; que, depuis longtemps, les succès littéraires ne donnent plus de produits, etc. L'auteur consterné reprend humblement son manuscrit et

se retire; et le critique dédaigneux avise libre-
ment aux moyens d'utiliser les souvenirs de la
pièce condamnée. Il existe parmi ces auteurs
négociants, des hommes plus perfides encore,
qui accueillent avec enthousiasme l'ouvrage qui
leur est soumis, promettent à l'auteur leur collaboration et leur appui, gagnent du temps,
contiennent son impatience en prétextant qu'ils
rencontrent des obstacles imprévus ; raniment
sa confiance en lui faisant espérer un résultat
prochain et favorable; puis, un jour, ces
hommes habitués à violer leurs engagements, à
trahir la foi promise, jettent le masque et dis-
sipent des illusions habilement prolongées, en
annonçant à l'auteur, enfin désabusé, que leurs
tentatives n'ont point obtenu le succès espéré;
qu'ils n'ont pu réussir à placer son ouvrage, dont
ils ne savent plus comment tirer parti. Mauvaises raisons qui déguisent de coupables des-
seins. Ce n'est point ordinairement sans intentions qu'ils ont si longtemps retenu l'œuvre
manuscrite, qu'ils ont si longtemps abusé l'auteur par de fausses promesses ; ils ont eu le
temps d'étudier à loisir les ressorts ingénieux
d'une intrigue bien conduite, et d'apprécier les

heureuses ressources d'une idée féconde ; ils ont
eu le temps enfin d'exécuter une copie de la
pièce modèle, dont ils ont modifié les dispositions, changé les détails, remplacé le titre. Il
n'existe aucune preuve entre les mains de l'auteur spolié, dont les plaintes inutiles ne sauraient
les atteindre. Ils obtiennent donc au théâtre
un succès usurpé, qui vient couronner leur cri-
minelle industrie. Mais le cœur de ces hommes, desséché par l'égoïsme, est donc insensible
aux morsures cruelles d'un remords vengeur !!!
L'orgueil satisfait, l'avarice assouvie, peuvent
donc étouffer en eux le cri de la conscience!
Que de courage ne leur faut-il pas pour accepter la honte d'une pareille gloire !!!...

Il arrive aussi quelquefois que le plagiaire,
trop compromis, n'ose affronter l'indignation
désespérée de l'auteur qu'il a pillé; il intéresse
alors au succès de l'opération un honnête con-
frère, contre lequel les preuves du plagiat deviennent impuissantes, et qui, faisant représenter l'ouvrage sous son nom, préserve ainsi l'in-
fidèle dépositaire des accusations trop précises
qui viendraient sans doute le confondre et l'ac-
cabler.

Il arrive souvent qu'une œuvre dramatique dont le sujet a été volé à quelque poëte inconnu par un habile industriel, qui, pour le traiter, s'est adjoint un collaborateur dont la conscience n'est pas moins flexible que le talent, est ensuite abandonnée à un spéculateur littéraire, dont la célébrité plus imposante, dont l'influence mieux établie assurent d'avance à l'ouvrage les chances d'un succès éclatant, et qui se fait audacieusement proclamer l'auteur, le seul auteur du chef-d'œuvre applaudi, dont il partage les riches produits avec ses complices anonymes.

Ces singulières opérations se reproduisent sans cesse. Tous les jours on représente sur les différents théâtres, sans en excepter le Théâtre-Français, des ouvrages signés d'un seul nom, mais qui appartiennent réellement à plusieurs auteurs. Comment expliquer cette résignation silencieuse, cette abnégation incroyable dans ces hommes dont la vanité dépasse encore l'avarice? Est-ce dévouement ou modestie? Non. Cette réserve n'a point d'aussi nobles motifs, car elle est le plus souvent imposée à de lâches plagiaires par la crainte d'un juste châtiment.

Cet exposé fidèle des conséquences ordinaires de l'association indique assez aux jeunes auteurs qu'ils doivent fuir ces engagements dangereux qui promettent de brillants avantages et produisent d'amères déceptions, s'ils ne veulent s'exposer sciemment à être indignement trompés par ces officieux collaborateurs, qui s'abusent eux-mêmes en supposant que la gloire flétrie de quelques succès mérités peut racheter la honte de leurs coupables excès.

Mais tandis qu'un poëte inconnu brave audacieusement ces influences malfaisantes, et soutient contre elles une lutte acharnée, ses forces diminuent, ses ressources s'épuisent; et s'il n'a d'autre fortune que son poëme, d'autres moyens d'existence que son talent, il peut être enfin réduit pour vivre à vendre son œuvre, son espoir d'immortalité, à l'un de ces juifs impitoyables qui sont devenus riches et glorieux en exploitant les tortures de la faim, les angoisses du désespoir. Si les souffrances n'ont point usé son cœur et son énergie, il ne descendra pas à cette dégradante prostitution du talent; il ne voudra pas augmenter la gloire, la fortune, l'influence de ces hommes qu'il a combattus et qu'il

méprise, en leur abandonnant, pour une au-
mône, la gloire et le produit de ses travaux ; il
ne voudra pas se soumettre à ces égoïstes sans
cœur et sans entrailles, qui se sont coalisés pour
exploiter la misère du génie, dont ils ont épuisé
les généreux efforts. Il succombera libre et fier,
en ajournant ces hommes cruels devant la justice de Dieu ; il disparaîtra du monde sans
laisser un souvenir, une œuvre, un nom que
l'on puisse citer après ceux de Chatterton, de
Malfilâtre, de Gilbert, ces poëtes martyrs, comme
lui rebelles au culte des faux dieux, et comme
lui dévorés par la misère.

Mais supposons à notre poëte des moyens
d'existence assurés qui le préservent des étrein-
tes douloureuses de l'inflexible nécessité ; il
n'en sera pas moins arrêté par les mêmes obstacles ; pour lui, seulement, ces obstacles ne seront pas invincibles, car il lui sera possible d'a-
cheter, de certains directeurs, qui préfèrent
l'argent au mérite, le droit de faire représenter
son ouvrage.

Nous laisserons parler ici M. Constant Hilbey,
qui, le premier, a eu le courage de révéler
l'existence de ces marchés scandaleux :

« J'ai fait représenter, comme on sait, à l'O-
« déon, une comédie intitulée *Ursus*; mais, ce
« qu'on ne sait pas, c'est que, pour la faire re-
« présenter, j'ai payé à M. Lireux, directeur de
« ce théâtre, une somme de huit cents francs
« (j'en puis donner la preuve) [1]. (Pour ces huit
« cents francs) M. Lireux m'écrivit le marché
« suivant :

« Monsieur Constant Hilbey,

« Je reçois votre pièce en un acte intitulée
« *Ursus*, et je m'engage à la faire représenter
« sur le théâtre de l'Odéon, par tour de faveur,
« dans le mois de novembre prochain. Je joue-
« rai votre pièce, en cas de réussite, et il n'est
« pas douteux, vingt-cinq fois au moins pen-
« dant le cours de l'année théâtrale.

« Votre bien dévoué

« LIREUX. »

« Paris, 19 septembre 1844 [2].

Il n'entre point dans notre sujet de reproduire ici les détails des discussions que souleva

---

[1] *La manière de faire recevoir une pièce au théâtre royal de l'Odéon*, par Constant Hilbey; Paris, 1845, page 4.

[2] *La manière de faire recevoir une pièce au théâtre royal de l'Odéon*, par Constant Hilbey; Paris, 1845, page 6.

plus tard l'inexécution de cet engagement;
nous empruntons seulement encore à M. Hilbey les réflexions suivantes :

« ... Il est résulté bien clairement pour moi,
« que, si j'avais été assez riche, on aurait joué
« ma pièce comme et quand j'aurais voulu :
« j'aurais d'abord abandonné mes droits d'au-
« teur, puis j'aurais donné 40 ou 50 fr. par re-
« présentation, puis il m'aurait fallu en venir à
« donner 100 francs! mais à ce prix on l'aurait
« jouée tout l'hiver et tout l'été!

« Malheureusement mes moyens ne me per-
« mettaient pas un pareil sacrifice, que j'aurais
« voulu pouvoir faire pour vous dire après :
« Voilà le secret de mon immense succès et de
« tous ceux qui vous passent sous les yeux! »

« J'aurais voulu pouvoir dire ceci, surtout
« pour les jeunes auteurs qu'on rebute de tou-
« tes parts, et qui n'ont pas assez de toutes les
« amertumes de la misère et de l'obscurité, sans
« qu'il leur faille encore recevoir les injures de
« leurs parents et de leurs amis, qui leur disent :
« Si l'on ne joue pas votre pièce, c'est qu'elle
« n'a aucun mérite, car on en joue d'assez mau-
« vaises, et les théâtres vous payeraient cher...

« un bon ouvrage. » Et ceux qui disent cela ne
« savent pas qu'on les joue, ces pièces, juste-
« ment parce qu'elles sont mauvaises, et qu'un
« directeur qui touche 10 ou 20,000 fr., avant
« la représentation, s'occupe peu de la recette!
« Et d'ailleurs, la recette est-elle moins bonne
« parce que la pièce est mauvaise? Non, au con-
« traire, l'auteur qui paye pour se faire repré-
« senter, paye aussi pour se faire vanter, et le
« public va plus volontiers à une pièce médio-
« cre, que l'on prône, qu'il n'irait à un chef-
« d'œuvre persiflé. Le temps seul, qui fait fleu-
« rir les véritables gloires et flétrit les succès
« menteurs, remet tout à sa place; malheureu-
« sement, si l'on étouffe le talent dans son germe,
« au profit de la médiocrité, le temps ne laisse
« d'une époque, qui aurait pu sortir de ses
« mains grande et illustre, qu'une ruine sans
« nom et sans souvenir [1]!

« Ainsi, ô jeunes auteurs ! veillez pendant trois
« années pour composer une pièce de théâtre,
« puis veillez pendant dix ans encore pour amas-
« ser une somme d'argent et la portez à un théâ-

[1] *Vénalité des journaux*, par Constant Hilbey; Paris, 1845,
pages 59 et 60.

« tre royal! Mais non, ne vous dérangez pas, il
« viendra bien la chercher chez vous; les théâ-
« tres royaux aujourd'hui se rendent à domi-
« cile! Puis faites marché pour un certain nom-
« bre de représentations, et quand vous en aurez
« obtenu le tiers ne réclamez plus rien, car vous
« ne trouverez personne pour vous répon-
« dre...[1].

« Mais puisque c'est un usage qu'on paraît
« vouloir établir de faire payer les auteurs pour
« jouer leurs ouvrages, je propose à M. le minis-
« tre de faire afficher aux portes de l'Odéon un
« tarif pour le prix des tours de faveur, comme
« il y en a un pour le prix des places; de cette
« manière, les auteurs n'en seront pas réduits à
« marchander, et n'auront pas à craindre qu'on
« leur demande quinze cents francs au lieu de
« huit, ainsi que cela m'est arrivé...[2] »

Mais nous oublions que notre poëte, unissant
l'austérité des principes à l'élévation du génie,
doit dédaigner un succès obtenu par de tels

---

[1] *Vénalité des journaux*, par Constant Hilbey; Paris, 1845,
page 79.

[2] *La manière de faire recevoir une pièce au théâtre royal
de l'Odéon*, par Constant Hilbey; Paris, 1845, page 8.

moyens; il abandonnera donc le théâtre sans
regrets, et, confiant dans sa force et dans son
œuvre, il tentera d'obtenir par la voie de la publicité un succès moins éclatant, mais plus réel,
un succès conquis par un talent supérieur, assuré par des travaux consciencieux... Mais il
faut qu'il puisse supporter seul tous les frais de
publication; car il ne trouvera point de libraire
qui veuille imprimer à ses frais une pièce de
théâtre inédite d'un auteur inconnu. Il devra
subvenir encore aux frais d'affiches et d'an-
nonces dans les journaux répandus; nous ne
parlons pas des réclames entraînantes et des
comptes-rendus bienveillants qui augmente-
raient encore le chiffre des dépenses; car il s'a-
git ici d'un auteur qui ne veut accepter qu'une
gloire pure et sans alliage. Sera-t-il ensuite
assez heureux pour choisir un libraire qui
poursuive avec une consciencieuse activité le
débit difficile d'un ouvrage dont la presse n'a
point préparé le succès? N'arrivera-t-il pas
plutôt que la vente, négligée par un commer-
çant indifférent ou distrait, entravée peut-être
par des influences ennemies, ne donnera point
de produits qui puissent seulement couvrir les

dépenses? De sorte que cette publication in-
grate, imposant à l'auteur des charges pesantes,
peut confondre encore des espérances légitimes
en ne lui donnant pas même un peu de célébrité pour tant de soins et de travaux, un peu
de gloire pour tant de sacrifices. Et tous ces
obstacles réunis ne forment-ils pas une barrière
insurmontable qui ferme l'accès du théâtre aux
auteurs sans fortune dont elle brave les efforts
impuissants et la persévérance inutile! Acca-
blés par des revers multipliés, ils abjureront
bientôt les vaines illusions et les espérances
trompeuses qui soutenaient leur courage, ils
maudiront ce talent poétique et ces inspirations
passionnées qui les ont entraînés à l'abîme; ils
fouleront aux pieds cette œuvre tant aimée qui
ne leur a donné que misère et déceptions.
Puis, quand la voix sévère de la raison, modé-
rant les transports d'une exaltation désespérée,
s'élèvera pour leur reprocher l'ambition insen-
sée d'une gloire impossible et le choix imprudent d'une carrière semée de périls et d'orages,
auront-ils le courage de lui accorder et la force
d'accomplir le sacrifice de leurs œuvres, le sui-
cide de leur génie?...

Et ces intelligences dirigées vers un nouveau but, conserveront-elles leur supériorité? Ne seront-elles pas facilement dépassées par des esprits moins élevés, mais plus positifs, plus réguliers, plus pratiques, qui leur seront justement préférés? Ne resteront-elles pas ignorées et confondues dans la multitude impatiente qui exploite tous les genres d'industrie, encombre toutes les positions sociales, assiége tous les emplois publics? S'il arrive enfin que leurs courageux efforts n'obtiennent point de succès! S'il ne leur reste pour dernières ressources dans l'adversité que ce noble talent, que ces puissantes facultés qui n'ont pu leur donner l'indépendance! Iront-elles, vaincues par la misère, se mettre aux gages des spéculateurs littéraires, qui daigneront peut-être les employer à leur fabriquer de la gloire et des succès? Et, l'homme de génie réduit à cet humiliant esclavage, n'aura-t-il point le droit de maudire l'égoïsme révoltant de ces cupides envieux, qui l'ont empêché de s'illustrer par son talent, de s'affranchir par ses œuvres! N'aura-t-il point le droit d'accuser et de haïr ces arrogants parvenus, qui ont sans doute oublié le temps où, pau-

vres et ignorés, ils auraient béni l'influence généreuse qui eût encouragé leurs premiers essais,
la main amie qui eût soutenu leurs premiers pas?

Il existe, pourtant, une Société des auteurs
dramatiques! Mais, cette société, négligeant les
devoirs sacrés qu'elle devait accomplir, dédaignant la haute mission qu'elle pouvait accepter,
sacrifiant les intérêts de l'art aux intérêts matériels, s'est volontairement réduite aux proportions trop modestes d'une association commerciale; elle a préféré s'occuper presque exclusivement d'établir les tarifs invariables et la perception régulière des droits d'auteurs, et de fait
renoncé à diriger son action et son influence
vers un but plus digne et plus élevé que celui
qu'elle a choisi, et dont nous croyons devoir reproduire ici la définition textuelle.

Extrait du règlement de l'Association des auteurs dramatiques :

« ART. 5. L'objet de la Société est : 1° la dé-
« fense mutuelle des droits des associés, vis-à-
« vis des administrations théâtrales, ou de tous
« autres en rapport d'intérêt avec les auteurs;
« 2° la perception à moindres frais des droits
« des auteurs vis-à-vis des administrations théâ-

« trales à Paris et dans les départements, et la
« mise en commun d'une partie de ces droits,
« ainsi qu'il sera expliqué plus bas ; 3° la création
« d'un fonds de secours au profit des associés,
« de leurs veuves et héritiers ou parents ; 4° la
« création d'un fonds commun de bénéfices
« partageables. »

La Société des gens de lettres a donné un noble exemple, une cruelle leçon à l'Association
dramatique, en exprimant, dans son règlement,
cette intention qui l'honore et que l'on regrette
de ne point trouver dans le règlement adopté
par les auteurs dramatiques.

Extrait du règlement de la Société des gens de
lettres :

« ART. 19. Le Comité comptera toujours au
« nombre de ses principaux devoirs, celui de
« procurer, autant que possible, aux membres
« de la Société, l'emploi de leurs facultés et de
« leur temps, ainsi que le placement de leurs
« travaux, et de faciliter aux jeunes gens, mem-
« bres de l'Association, leurs premiers pas dans
« la carrière des lettres. »

Cette même Société des gens de lettres a re-
connu et déclaré d'une voix unanime qu'il était

urgent de régler la collaboration dans les œuvres littéraires; nous ne pouvons méconnaître
encore dans cette déclaration une intention
généreuse, compromise par une étrange faiblesse. On ne régularise point les abus... On les
réprime...

Mais, en n'accordant aucun secours aux
auteurs inconnus, en ne leur laissant aucun
espoir de parvenir au théâtre, l'Association dramatique n'a point compris qu'elle devenait forcément responsable de la décadence rapide de
l'art sérieux, et de la diminution trop sensible
des talents supérieurs; elle n'a point compris
encore, que le soin de sa propre dignité lui or-
donnait de mettre un terme à cette inintelli-
gente proscription qui, frappant sans ménage-
ment et sans mesure les hommes et les œuvres,
entravait les progrès de l'art, diminuait les gloires de l'avenir, tarissait les sources du génie.
Elle n'a point compris qu'une tolérance silencieuse la rendait complice des coupables abus
de la collaboration imposée, et des scandaleux
excès du plagiat organisé. Bien loin d'exercer
une influence protectrice, elle ne s'est occupée
des auteurs non représentés, dans ses traités avec

les théâtres, que pour leur imposer le dépôt sans garantie et l'examen secret de leurs ouvrages, conditions funestes qui les exposent désarmés aux perfides attaques de l'exploitation et du plagiat...

La Société des auteurs dramatiques pouvait-elle stipuler de telles conditions? Pouvait-elle compromettre ainsi des intérêts qui n'étaient pas défendus? Pouvait-elle substituer au droit ses volontés arbitraires? S'il est facile de constater ici l'usurpation flagrante des droits d'un absent impitoyablement sacrifiés, il est également raisonnable de conclure que ces conditions de dépôt sans garantie, et d'examen secret, établies sans droit, sont nulles en fait et n'obligent personne. Il est donc évident que, du moment qu'elles seront sérieusement attaquées, ces conditions préjudiciables devront disparaître des traités conclus entre la Société des auteurs dramatiques et les administrations des différents théâtres.

Il nous reste à juger les intentions et les motifs qui ont fait adopter ces mesures oppressives. Si l'on consultait, à cet égard, certains auteurs, trop cruellement blessés pour être indulgents, ils répondraient que ces conditions

inflexibles ne sont que des moyens adroits d'é-
loigner du théâtre les jeunes auteurs dont on
redoute la concurrence et les succès. Instruits
par l'expérience, qu'ils ne peuvent arriver par
leur seul mérite, ces auteurs repoussés se voient
contraints d'acheter le concours de certains auteurs influents et célèbres, en partageant avec
eux la gloire et le produit de leurs œuvres.

Il s'est rencontré, parmi ces auteurs négociants, des industriels plus avides qui, pénétrant
le dénûment et l'embarras des malheureux qui
venaient solliciter leur protection mercenaire,
leur ont opposé des obstacles multipliés à des-
sein, des lenteurs habilement prolongées, et les
ont souvent amenés à leur céder à vil prix la
propriété de leurs ouvrages, qui donnaient ensuite aux heureux acquéreurs de brillants succès, d'importants bénéfices.

Il s'est enfin rencontré des hommes plus vils
et plus méprisables encore, qui se sont approprié gratuitement l'œuvre, le succès et le produit tout entier par un lâche plagiat.

Et, si l'on veut remonter à la source du mal,
n'est-on pas forcé de reconnaître que ces conditions de dépôt sans garantie et d'examen sé-

cret imposées par l'Association dramatique aux auteurs non représentés; ces conditions, dont on ne peut contester la funeste influence; ces conditions qui ont servi trop souvent à justifier l'exclusion arbitraire des auteurs inconnus, ont évidemment contribué à la scandaleuse prospérité de l'exploitation, cette coupable industrie, dont la honte ne pouvait être dépassée que par l'infamie du plagiat!!!

Après avoir tracé le sombre tableau de toutes ces misères, nous devons en révéler encore les causes secrètes et les principes ignorés, avant d'indiquer les moyens assurés de rétablir l'indépendance et la dignité de l'art dramatique asservi par l'égoïsme, déshonoré par la corruption; avant de prouver qu'il est encore possible de faire prévaloir la probité sur l'intrigue, le mérite sur la faveur, le droit sur le privilége.

II

Nous devons signaler d'abord, comme une des causes principales de la décadence de l'art dramatique, la concession des priviléges de théâtre à des spéculateurs dirigés par le seul espoir de réaliser d'importants bénéfices. Évidemment on aurait dû préférer des hommes désignés par un mérite consciencieux, par une probité sévère, comme les plus dignes et les plus capables de favoriser les progrès de la littérature dramatique, en accordant une intelligente protection aux timides essais des auteurs inconnus, en opposant une invincible fermeté aux prétentions ambitieuses des auteurs influents. Abandonnée à de froids calculateurs, l'exploitation des théâtres fut bientôt assimilée à celle des usines et des manufactures.

Des auteurs célèbres, appréciant les brillants avantages que pouvait leur procurer l'exploitation commerciale de leur célébrité, se lièrent d'intérêt avec ces directeurs négociants, dont ils obtinrent des traités qui les constituèrent les fournisseurs privilégiés de leurs théâtres. La possession de ces traités leur assurant les moyens d'obtenir tous les avantages matériels que pouvait donner l'influence éprouvée d'un talent illustré par des succès éclatants, ils étendirent audacieusement les ressources de cette influence productive, en faisant représenter sous leur nom les œuvres des auteurs que la misère réduisait à devenir les agents salariés et les complices silencieux de leur insatiable avidité. Ils exercèrent ainsi dans les théâtres une dictature ombrageuse, qui ne permit aux auteurs connus, eux-mêmes, d'y pénétrer que sous leurs auspices. Pour obtenir la représentation de leurs ouvrages, ces auteurs, vainement recom-

mandés par d'estimables succès, se virent réduits à solliciter la collaboration inévitable de
ces despotes privilégiés; dont ils durent satis-
faire l'irritable vanité et assouvir l'insensible
avarice, en proclamant l'utilité de leur concours, en consentant que leur nom occupât le
premier rang sur l'affiche, en leur abandonnant la moitié des produits de leurs œuvres;
Il est facile de comprendre que des succès sans
cesse renouvelés, que des revenus augmentés
sans cesse, assurèrent promptement aux heureux possesseurs de ces traités productifs, les
avantages d'une gloire constante et les bienfaits
d'une opulence facile. Devenus riches et puissants, ils furent bientôt entourés de collaborateurs obéissants, flatteurs intéressés, qui, satis-
faits de la modeste part de gloire et de produit
que leur abandonnait la bienveillance dédaigneuse d'un illustre protecteur, se disputaient
l'appui de son nom glorieux, qui recomman-
dait leurs ouvrages à l'admiration publique.
Ceux de ces actifs collaborateurs, qu'un dévouement plus utile désignait à la faveur du maître,
jaloux de conserver les avantages de cette préférence dont leur avidité jalouse leur faisait

craindre le partage, organisèrent des coalitions puissantes qui décidèrent secrètement et poursuivirent avec une cruelle persévérance l'exclusion des auteurs inconnus qui pouvaient devenir des rivaux dangereux. Délivrés de cette crainte, ces oppresseurs serviles captivèrent par un zèle plus empressé, par une soumission plus absolue, la confiance de leurs illustres patrons; et ceux-ci consentirent à tolérer cette tyrannie subalterne qui dépassa bientôt leurs exemples par son inflexible rigueur.

Souvent un jeune auteur inexpérimenté, ne pénétrant pas les véritables motifs d'une résistance opiniâtre que ne pouvaient épuiser ses constants efforts, prenait la résolution d'exposer sa situation à un directeur de théâtre, dans l'espoir d'exciter en lui quelques intentions bienveillantes, ou d'en obtenir au moins quelques conseils. Quand, après avoir surmonté toutes les difficultés d'antichambre et lassé l'ingénieuse impertinence des valets, il parvenait enfin à l'aborder, celui-ci le congédiait promptement en lui répondant que son ouvrage, dont il daignait même ne point contester le mérite, ne pouvait être offert au public avec

chance de succès, que sous le patronage d'un
auteur célèbre ; et il terminait l'entretien en lui
conseillant la vente de sa pièce, ou en le ren-
voyant aux auteurs privilégiés. Le jeune
homme, croyant n'avoir à combattre qu'une
vaine prévention, s'efforçait-il d'en démontrer
l'injustice, le directeur perfide, au lieu d'avouer
franchement les engagements secrets qui en-
chaînaient sa volonté, lui opposait froidement
cette conclusion dédaigneuse : « Le public veut
des noms connus... » Mais il est constant qu'un
auteur ne peut s'illustrer au théâtre que par le
succès de ses ouvrages représentés : si donc les
écrivains influents se réservent exclusivement
ce droit, il faudrait évidemment qu'une géné-
ration de célébrités disparût tout entière, pour
qu'il fût permis aux auteurs inconnus de réaliser cet espoir.

On peut pénétrer maintenant les véritables
motifs de l'inexplicable préférence de certains
directeurs qui ne font représenter que les pâles
esquisses et les productions avortées de leurs
fournisseurs ordinaires.

On peut s'expliquer la merveilleuse fécondité
de certains auteurs, et la rare souplesse de leurs

talents, qui peuvent se plier à tous les genres dramatiques.

On peut comprendre comment il est possible que, sur cinq cents auteurs au moins qui existent à Paris, il n'y en ait que cent qui soient continuellement représentés, tandis que les autres ne font par hasard qu'une rare apparition sous les auspices des auteurs privilégiés dont ils ont dû forcément accepter la collaboration inutile.

L'heureuse influence des traités appréciée par les auteurs célèbres les entraîna bientôt à se faire une concurrence active auprès des directeurs de théâtres dont ils tentèrent la préférence par des offres de rabais considérables, quoique ces transactions leur fussent expressément interdites par les règlements de la Société des auteurs dramatiques, qui défend à tous ses membres de faire, avec les administrations théâtrales, des traités particuliers à des conditions pécuniaires au-dessous de celles établies aux traités généraux ou par les usages provisoirement reconnus. Mais on éluda la sévérité de ces dispositions en ne s'engageant que verbalement à faire sur les droits d'auteurs inté-

gralement perçus des remises secrètes aux directeurs qui traitèrent préférablement avec ceux
qui leur offrirent de plus grands avantages.

Les auteurs inconnus, impitoyablement repoussés, se voyaient le plus souvent réduits à
vendre leurs ouvrages à ces avides trafiquants
qui, ne pouvant suffire à retoucher ou à com-
pléter les œuvres acquises, prirent à leur solde
des auteurs-ouvriers qui, pour un modique
salaire, arrangeaient, modifiaient, façonnaient
ces ouvrages selon les besoins et les exigences
du maître qui attachait son nom célèbre à
ces productions, comme une marque de fa-
brique...

Les ouvrages apportés aux théâtres fournis-
saient gratuitement des idées heureuses et nouvelles qu'on imposait aux mercenaires; les lec-
tures devant les Comités en livraient également;
on ne pouvait donc craindre de voir l'activité
des ateliers ralentie par l'absence des maté-
riaux.

Les auteurs influents et riches devinrent ainsi
les plus féconds et furent proclamés les plus
habiles; à la gloire sans cesse renaissante de
leurs inépuisables triomphes, aux faveurs eni-

vrantes de la fortune captivée, ils réunirent
bientôt les honneurs et les dignités que le pouvoir ne pouvait refuser à des hommes recom-
mandés par d'innombrables succès. Des exemples fameux entraînèrent dans cette voie fatale
un grand nombre d'auteurs séduits. Abandonnant les travaux sérieux, dédaignant les
succès mérités, ils devinrent négociants, spéculateurs, hommes d'affaires. On les rencon-
tra plus souvent dans les salons ou dans les
foyers que dans leur cabinet de travail.
Qu'y auraient-ils fait? Ils auraient consacré
à un ouvrage qui n'eût donné peut-être qu'un
modeste produit un temps précieux qu'ils em-
ployaient dans le monde à s'assurer une position lucrative; ils auraient cultivé et non
pas exploité l'art dramatique; et ils songeaient
moins à conquérir une gloire durable par le
mérite supérieur de quelques ouvrages péni-
blement élaborés, qu'à s'enrichir promptement
en étendant leur influence et leurs moyens de
production.

Mais la faiblesse des ouvrages fabriqués par
des salariés dont le talent n'était point stimulé
par une généreuse émulation, par un noble es-

poir, fit bientôt comprendre aux directeurs et aux auteurs la nécessité de se ménager de nouveaux moyens de succès. On créa des offices de claqueurs dont on investit des agents dévoués. Ces agents, soudoyés par les théâtres, gratifiés par les auteurs, eurent bientôt discipliné des phalanges mercenaires qui enlevèrent les succès douteux, dont leur enthousiasme persévérant et leurs applaudissements frénétiques prolongèrent ensuite la fragile existence. On acheta l'indulgence intéressée des critiques influents; on fit insérer dans les journaux des réclames trompeuses. L'admiration devenant impossible au théâtre, on excita la curiosité du public en composant des affiches provoquantes, en déployant un grand luxe de décorations et de costumes, en exploitant l'actualité d'un événement célèbre, le succès et le titre d'une production littéraire, la popularité des acteurs en crédit.

Ces acteurs, estimant à leur juste mesure le mérite des auteurs dont ils pénétraient les ressources, la valeur des œuvres que leurs talents avaient le plus souvent préservées d'une disgrâce imminente, et l'importance des succès dont ils

4

connaissaient tous les moyens, voulurent également exercer une influence; ils achetèrent les éloges de la presse; ils achetèrent des ovations et des couronnes; ils devinrent illustres à leur tour. Ils imposèrent alors aux directeurs des conditions tellement exagérées, que ceux-ci, ne pouvant suffire à leur payer d'énormes appointements, se virent contraints de les intéresser dans leurs entreprises. De subordonnés, devenus associés de leurs directeurs, ils leur résistèrent impunément, et firent prévaloir les intérêts de leur égoïste vanité. Ils ne se laissèrent plus imposer par les auteurs des rôles utiles au succès de leurs ouvrages, des rôles soumis aux exigences rigoureuses de sages combinaisons; il fallut que l'on créât des ouvrages qui fissent exclusivement briller les qualités qui leur conciliaient la faveur du public. La vraisemblance de l'intrigue, la vérité des caractères, le mérite du style, durent être sacrifiés à cette considération supérieure. Avant tout, il nous faut un rôle brillant; pas de pièce; rien qu'un rôle. N'avons-nous pas nos chevaliers du lustre pour applaudir, et nos journalistes complaisants pour constater nos succès ?

Bientôt il n'exista presque plus de théâtres qui ne fussent soumis aux exigences d'un acteur influent ou d'une actrice admirée, dont les auteurs durent exécuter les volontés et subir les conseils... Que dis-je? les conseils!... Il fallut bientôt laisser l'acteur arranger lui-même son rôle et y introduire, malgré l'auteur, ses capricieuses fantaisies. Humiliante servilité qui soumettait ainsi l'invention à l'exécution, le poëte à l'acteur; juste châtiment de ces auteurs que leur insatiable avarice réduisait à sacrifier l'indépendance de leur talent aux caprices impérieux d'un comédien ébloui de quelques succès mérités.

La complaisante soumission des auteurs réduits à la modeste condition de tailleurs de rôles, encouragea de nouvelles prétentions; le costumier, le décorateur, le machiniste, le chef d'orchestre, le maître de ballets, firent aussi valoir leurs mérites, et partagèrent avec les auteurs le droit d'inscrire leurs noms sur l'affiche.

Il ne restait plus qu'un seul théâtre dont l'indépendance et la dignité ne fussent point encore sacrifiées à l'égoïsme d'une influence tyrannique ou aux exigences de l'exploitation privilégiée, c'était le Théâtre-Français.

Dirigé par des comédiens sociétaires, sous la surveillance du pouvoir dont il obtenait une subvention annuelle qui assurait la prospérité de ses ressources financières, ce théâtre devait conserver une noble attitude en se préservant des condamnables excès qui déshonoraient les théâtres secondaires; il devait recueillir les talents opprimés; il devait sauver l'art proscrit.

Mais, l'administration du Théâtre-Français, séduite par des exemples dangereux, abusée par des flatteries corruptrices, entraînée par des sollicitations pressantes, dominée par des intérêts privés habilement ménagés, trahit ses devoirs et perdit toute sa prépondérance en traitant avec des fabricants dramatiques trop célèbres, qui, seuls, disait-on au foyer du théâtre transformé en bureau d'esprit, possédaient le feu sacré et se montraient dignes de soutenir la gloire expirante du théâtre moderne. Ces avides trafiquants exigèrent et obtinrent des primes d'encouragement, déguisées sous le titre de droits de lecture; ils imposèrent au Théâtre-Français des

ouvrages de pacotille fabriqués le plus souvent
par des spéculateurs associés, qui abandon-
naient la gloire du succès à un illustre collaborateur pour s'assurer le partage de ses riches
produits. Mais comment résister aux avances
séduisantes de ces auteurs célèbres et opulents
qui conviaient à de somptueux festins les comédiens sociétaires dont ils flattaient la vanité par
d'ingénieuses cajoleries, dont ils captivaient la
bienveillance par de riches présents?... Pou-
vait-on douter du succès de ces habiles négociants, qui louaient pour les premières représentations de leurs pièces toutes les places des
théâtres qu'ils distribuaient gratuitement à des
amis indulgents et à des claqueurs salariés?...
Devait-on craindre la sévérité des critiques dont
ils payaient largement les louanges mercenaires?

Ces écrivains d'élite exceptés, il fut bien dé-
cidé qu'il n'existait plus d'auteurs dramatiques
dignes d'être admis au Théâtre-Français; et si
de rares concessions furent quelquefois obte-
nues par l'influence des comédiens sociétaires,
ou par le crédit d'une recommandation imposante, la scène française n'en demeura pas

moins inaccessible aux auteurs inconnus. On
peut supposer que les auteurs célèbres encoura-
gèrent secrètement ces dispositions favorables
aux calculs de leur égoïsme inquiet et aux inté-
réts de leur gloire envieuse; car, en repoussant
les ouvrages nouveaux et les talents ignorés, on
leur épargnait une concurrence dangereuse; on
leur assurait une opulence certaine, une supériorité constante.

On ne se contenta pas d'humilier les auteurs
inconnus par d'injurieux procédés et de les dé-
courager par d'injustes refus; on voulut encore
justifier les indignes excès d'une cruelle persé-
cution, en leur enlevant la confiance et les sym-
pathies du public.

On exalta la supériorité du répertoire ancien
en condamnant l'émulation progressive et les
innovations audacieuses de la jeune littérature;
on établit d'absurdes comparaisons entre les
anciens et les modernes; on immola sans pitié
la gloire présente à des souvenirs immortels. Ces
opinions, ennemies du progrès et de l'indépendance de l'art, accueillies par certains journaux,
propagées par certains critiques, adoptées par
le fanatisme intolérant des partisans exclusifs de

la littérature ancienne, servirent à justifier le
mépris des œuvres nouvelles et l'exclusion des
jeunes auteurs. Mais cette préférence décidée
des comédiens sociétaires pour le répertoire
ancien, que semblaient justifier une admiration
enthousiaste et une intelligence profonde des
véritables intérêts de l'art dramatique, était encore inspirée par des considérations d'une autre
nature et dirigée par des motifs secrets qui vont
être révélés.

Le succès inespéré d'un grand talent dramatique qui surgit tout à coup au Théâtre-Français, vint enhardir et confirmer ces tendances
rétrogrades. Cette gloire nouvelle, accueillie
par le public avec un bienveillant enthousiasme,
dont la presse parisienne fit bientôt un délire
européen, habilement exploitée par l'administration du Théâtre-Français, qui ne lui permit
d'abord que l'interprétation exclusive de l'ancien répertoire, devint involontairement l'excuse
et le prétexte de l'exclusion dédaigneuse des productions modernes. Pourquoi donc, en effet,
la Comédie-Française eût-elle tenté d'obtenir
avec des œuvres nouvelles le succès et la recette
que lui assurait le répertoire ancien? Avait-

elle besoin de travailler à la réputation et à la
fortune d'auteurs inconnus, auxquels il eût encore fallu payer des droits onéreux qu'elle pouvait économiser en se consacrant exclusivement
aux chefs-d'œuvre immortels des illustres fon-
dateurs de notre gloire dramatique, qui ne lui
imposaient aucun sacrifice?

Que nous importe à nous, sociétaires, que
peuvent enrichir des succès gratuits, le mérite
inconnu des auteurs qui nous fatiguent de
leurs sollicitations inutiles! Pourquoi prodiguer
sans nécessité les droits d'auteurs qui diminue-
raient nos revenus? N'avons-nous pas l'assen-
timent et l'appui des auteurs célèbres, qui se
sont engagés à nous apporter leurs ouvrages; et
notre prospérité croissante n'est-elle pas un
témoignage éclatant de l'habile prévoyance de
notre heureuse administration? Le public nous
applaudit, la presse nous exalte, la recette nous
justifie. Les doléances des auteurs refusés doi-
vent-elles nous inquiéter? Qu'ils portent leurs
ouvrages aux théâtres secondaires!

Le pouvoir, dispensateur des riches dotations,
pouvait et devait peut-être aviser aux moyens
de rétablir un juste équilibre; mais on entoura

ses agents de séductions et de flatteries, et ils ignorèrent, ou plutôt ils feignirent d'ignorer ces funestes abus qui se perpétuèrent sans obstacle.

Quand le vif enthousiasme excité par le mérite supérieur d'une actrice célèbre, réduit aux sages proportions d'une admiration légitime, ne produisit plus ces merveilleuses recettes qui justifiaient de superbes dédains, la Comédie-Française, alarmée de la diminution sensible de ses revenus et de l'abandon remarquable du public, se vit contrainte de demander au mérite des ouvrages nouveaux, et au talent des auteurs célèbres, des succès dont l'heureuse influence sauvât sa gloire obscurcie, rétablît sa prospérité menacée. Ce fut alors que la stérile médiocrité des œuvres et la vaniteuse impuissance des auteurs révélèrent la triste décadence de la littérature dramatique. Ce fut alors qu'on dut regretter l'imprudente exclusion des jeunes auteurs, parmi lesquels on eût sans doute rencontré des hommes dont le génie eût assuré la prospérité et sauvé l'honneur de notre premier théâtre... Compromise par ses erreurs, trompée dans ses espérances, enchaînée par ses traités, la Comédie-Française vit sa gloire s'évanouir, sa faveur disparaître, et dut bientôt perdre l'espoir de vaincre les préventions dédaigneuses et la profonde indifférence du public fatigué.

Et maintenant, peut-on révoquer en doute que les coupables excès qui ont trop longtemps déshonoré le Théâtre, n'aient contribué puissamment à flétrir sa gloire, à ralentir ses progrès ? Qu'ils disparaissent donc ces indignes obstacles qui ont retardé l'avénement des hommes et le succès des œuvres ! Que l'art soit libre, et son salut est assuré ! Mais ce n'est point des hommes pervers, qui ont propagé l'influence fatale de ces funestes abus, qu'il faut l'espérer et l'attendre. Ce n'est point à la honte du passé qu'il faut demander la gloire de l'avenir. C'est la généreuse émulation d'une jeunesse électrisée par les souvenirs immortels de notre ancienne gloire qui devient désormais notre unique espoir ; ce sont les auteurs inconnus, les auteurs proscrits et dédaignés qui doivent effacer les hontes de la tyrannie. Mais il faut d'abord bannir du Théâtre l'indigne exploitation, l'odieux monopole et l'infâme plagiat; puis, quand il sera complétement affranchi du joug humiliant d'une cruelle servitude, c'est à l'indépendance de l'art, c'est à la liberté du génie qu'on pourra demander alors des talents sublimes et des œuvres immortelles...

III

Nous devons indiquer maintenant les moyens de délivrer l'art dramatique d'une insupportable tyrannie.

En attendant que la loi reconnaisse, consacre et fasse respecter la propriété d'une œuvre dramatique comme les autres espèces de propriétés, nous pensons qu'il est urgent de soumettre aux auteurs non représentés le projet d'organisation d'une nouvelle Société des auteurs dramatiques, établie sur des bases honnêtes et libérales, régie par des principes de justice et de probité, qui leur offrirait une protection désintéressée et des garanties certaines. Comme ce projet ne peut être réalisé qu'après avoir obtenu de nombreuses adhésions, et qu'alors seulement une Commission désignée par la nouvelle Société s'occupera d'établir un projet de règlement qui sera soumis ensuite à son approbation, nous nous bornerons à exprimer ici quelques idées que la Commission jugera peut-être dignes de son attention et de ses études.

Il est évident que le défaut d'établissement authentique et régulier de la propriété de l'œuvre dramatique inédite, formalité qui devrait absolument précéder toutes les communications confidentielles, qui sont autrement imprudentes et dangereuses, est le principe certain et la cause principale des abus que nous avons signalés et flétris. Afin d'assurer à l'auteur de toute découverte ou nouvelle invention, dans tous les genres d'industrie, la propriété et la jouissance de son œuvre, il lui est délivré un titre ou une patente, tandis que la loi n'a point permis à l'auteur dramatique de s'assurer, par un titre légal, la propriété et la jouissance de son œuvre inédite, qu'il doit communiquer

pour en tirer parti. C'est cet oubli du législa-
teur qu'il est urgent, qu'il est indispensable de
réparer. Il faut qu'avant toute communication
intime ou officielle, avant toute tentative, avant
toute démarche auprès des administrations
théâtrales, l'auteur se soit assuré la propriété
inaliénable de son œuvre dont l'origine doit être
entourée de formes légales, qui lui permettent
d'en reproduire, dans l'occasion, les circonstances exactes et les preuves incontestables.

Voici donc ce que nous proposons :

La nouvelle Société des auteurs dramatiques
installerait dans un local spécialement destiné
à cet usage, un bureau de dépôt et d'enregistre-
ment pour les œuvres dramatiques inédites.

Tout auteur dramatique, célèbre ou inconnu,
représenté ou non représenté, pourra s'adresser
au secrétariat, assisté de témoins dont le nombre
ne pourra pas être inférieur à deux, et y déclarer
que l'œuvre dramatique qu'il présente est de son
entière invention, ou qu'elle n'est qu'une trans-
formation d'une production littéraire d'un autre
genre et d'un autre auteur; ou qu'elle n'est enfin
qu'une traduction d'une œuvre dramatique
empruntée à la littérature étrangère. Cette dé-

claration devra exprimer encore que le dépôt de l'ouvrage présenté est antérieur à toute espèce de communication intime ou officielle.

L'auteur devra présenter à l'employé chargé de recevoir les dépôts, deux manuscrits séparés de son ouvrage, qu'il déclarera parfaitement semblables; l'administration devant s'en rapporter à cet égard à la déclaration formelle de l'auteur, dont elle n'exigerait aucune communication, et sur qui la responsabilité de cette déclaration pèserait nécessairement tout entière.

L'auteur ferait inscrire son œuvre sous le titre qui lui conviendrait; il pourrait en adopter un de fantaisie si le véritable titre de son ouvrage pouvait en faire connaître le sujet.

La déclaration du dépôt d'une œuvre dramatique sera inscrite sur un ou plusieurs registres tenus doubles, en procédant par ordre numérique; elle énoncera le jour, le mois, l'année, le titre et le genre de l'ouvrage, le nombre d'actes, les prénoms, nom, profession et domicile de l'auteur et ceux des témoins.

Il sera donné lecture de cette déclaration à

l'auteur et aux témoins ; elle sera ensuite signée par l'employé de l'administration, par l'auteur et par les témoins.

Chaque feuillet des deux manuscrits sera i - médiatement frappé du timbre de l'administration.

L'un des deux manuscrits sera remis à l'auteur ; l'autre sera enfermé dans une enveloppe fournie par l'administration, qui sera ensuite scellée en cire, et l'auteur y appliquera son cachet. Cette enveloppe, sur laquelle sera également apposé le cachet de l'administration, portera un numéro d'ordre correspondant avec celui du registre des déclarations ; on y inscrira le jour, le mois, l'année, le titre et le genre de l'ouvrage, le nombre d'actes, les prénoms, nom, qualités et domicile de l'auteur et ceux des témoins ; elle reproduira leurs signatures et celle de l'employé de l'administration.

Il sera délivré à l'auteur un certificat rappelant le numéro d'ordre du manuscrit déposé, la date et les formalités du dépôt ; ce certificat reproduira toutes les indications inscrites sur le registre des déclarations et sera signé par l'employé de l'administration, par l'auteur et par les témoins. Le cachet de l'administration y sera pareillement apposé.

La déclaration et le dépôt d'une pièce de théâtre imposeront seulement à l'auteur l'obligation d'acquitter des droits fixés par un tarif affiché dans les bureaux et déterminés par le nombre des actes.

Les produits de ces droits serviront à solder les employés indispensables, les frais de bureaux, le loyer, etc.

Dans le cas où l'ouvrage présenté appartiendrait à deux auteurs, ou même à un plus grand nombre d'auteurs associés, on procéderait dans les mêmes formes; seulement l'association volontaire des auteurs collaborateurs serait mentionnée dans la déclaration, et chaque auteur devrait être assisté de deux témoins.

Il est évident qu'après l'accomplissement de ces formalités indispensables, la propriété d'une œuvre dramatique inédite est assurée à son auteur, qui pourra toujours établir par des preuves authentiques son droit incontestable. Le plagiat ne peut être que la conséquence évidente d'une communication directe ou indirecte, intime ou officielle d'une œuvre originale inédite; il doit être toujours facile à l'auteur lésé d'en préciser l'époque, d'en rappeler les circonstances, d'en retrouver les traces, d'en révéler les moyens. La date du dépôt de son manuscrit, constatée par les procès-verbaux du bureau de déclaration, prouverait que l'existence de son ouvrage a précédé le plagiat que poursuivent ses justes plaintes. Il pourrait donc réclamer la propriété d'un sujet, d'une idée, d'une combinaison dramatique; il pourrait traduire le plagiaire devant les tribunaux, lui opposer des preuves accablantes et en obtenir justice.

Il est facile de prévoir que le plagiaire qui s'est approprié sans scrupule un sujet heureux, une idée féconde, une combinaison ingénieuse, puisés dans l'œuvre inédite d'un auteur indignement spolié, tentera de se soustraire à la honte méritée d'un juste châtiment, en attestant que le hasard seul a produit une étonnante ressemblance. Il nous reste donc à prouver que l'influence du hasard ne peut dépasser certaines limites, et qu'il est impossible que deux auteurs qui, sans avoir communiqué, ont choisi le même sujet, aient encore adopté le même

plan, les mêmes personnages, les mêmes situations, les mêmes incidents, et que leurs ouvrages ne diffèrent entre eux que par les détails de
l'exécution.

Nous allons appuyer notre opinion de cita-
tions empruntées à des auteurs célèbres qui ont
également traité cette question : « Chaque
« homme (en écrivant une pièce de théâtre) se
« tâte et sent ce qu'il peut, sans qu'il s'en aper-
« çoive, en formant son plan ; il cherche les si-
« tuations dont il espère sortir avec succès.
« Changez ces situations, il lui semblera que son
« génie l'abandonne ; il faut à l'un des situa-
« tions plaisantes ; à l'autre, des scènes morales
« et graves ; à un troisième, des lieux d'éloquence
« et de pathétique. Donnez à Corneille un plan
« de Racine, et à Racine un plan de Corneille,
« et vous verrez comment ils s'en tireront... »

(DIDEROT, *De la Poésie dramatique*, édition
Brière, 1821, vol. IV, page 458.)

« Un même sujet se présentera sous vingt as-
« pects divers à vingt imaginations différentes.
« Chaque individu flairera ce qui conviendra
« le mieux à son imagination, amassera ses ma-

« tériaux, bâtira son monde à part, soufflera
« dessus pour lui donner la vie, et viendra au
« jour dit avec un résultat, sinon complet, du
« moins original; sinon remarquable, du moins
« individuel... »

(Alex. DUMAS, préface de *Charles VII*; édition
Charpentier, 1834, vol. II, page 219.)

Il est bien démontré que deux auteurs peuvent simultanément concevoir l'idée de trans-
porter sur la scène un événement historique,
un personnage célèbre, la peinture d'un vice,
le développement d'un caractère; mais qu'il est
impossible que l'œuvre de chaque auteur ne se
distingue point par des dispositions spéciales,
par des combinaisons diverses, par des défauts
particuliers, par un mérite personnel. Ces ren-
contres fortuites, qui ne sauraient être très-
fréquentes, deviennent invraisemblables quand
il s'agit d'un sujet de fantaisie dont les heureux
détails, inventés par une imagination créatrice,
ne peuvent appartenir qu'à un seul auteur; et
qui, s'ils ne constituent pas la supériorité d'une
œuvre dramatique, lui impriment du moins un
cachet original. Un plagiaire aura vainement

dénaturé le titre de l'ouvrage qu'il a pillé, modifié certaines situations, déplacé l'époque et le
lieu de la scène, changé les noms des personnages, il n'en sera pas moins facile de reconnaître la fraude habilement déguisée. Il suf-
fira donc, après avoir comparé les deux ouvrages et constaté leur ressemblance étrange, de
rechercher la date authentique de leur origine
mutuelle, qui prouvera l'ancienneté de l'œuvre
modèle qui a dû naturellement précéder une
perfide imitation ; puis, d'opposer à l'usurpa-
teur confus, l'époque, les circonstances et les
preuves de son indigne larcin, qui le désigne-
ront aux rigueurs d'un juste châtiment. Il est
évident que la loi doit assimiler le plagiaire au
coupable qui s'est emparé d'une valeur matérielle ; car l'idée féconde qu'il a frauduleusement
dérobée est devenue entre ses mains une valeur
matérielle dont il a su tirer parti. Plus coupable que le contrefacteur d'un ouvrage déjà pu-
blié, il doit encourir des peines plus sévères.
Car, le contrefacteur n'enlève à un auteur
qu'une partie de ses revenus ; il peut compromettre gravement ses intérêts, mais du moins il
respecte sa gloire ; tandis que le plagiaire ravit

en même temps à l'auteur spolié, la propriété, la gloire et le prix de son travail, en produisant une audacieuse copie, qui, devançant la publication de l'œuvre originale, usurpe son mérite, réduit sa valeur, paralyse son succès. Mais, quand les sombres combinaisons qui protégèrent trop longtemps de coupables larcins ne seront plus impénétrables; quand les plagiaires pourront être atteints et livrés à l'inflexible rigueur des lois, la crainte, plus puissante que l'honneur dans les âmes viles, leur fera bientôt abandonner une dangereuse industrie.

Après avoir sauvé les jeunes auteurs des perfides embûches que leur dressaient les plagiaires, il faut encore que la nouvelle Société des auteurs dramatiques, poursuivant sa noble tâche, rassure leur timidité par une bienveillance constante, dirige leur inexpérience par d'utiles conseils, offre à leur détresse une loyale protection; il faut qu'elle accueille avec un généreux empressement, avec une prévoyante sollicitude, les auteurs inconnus qu'une irrésistible vocation entraîne peut-être vers un glorieux avenir; il faut qu'elle devienne l'espoir des faibles, la providence des opprimés; dévouée aux intérêts de l'art, elle doit encourager ses progrès et défendre son indépendance. Digne et sainte mission qui doit lui rallier toutes les intelligences élevées, tous les cœurs généreux!...

La nouvelle Société serait régie par un Conseil d'administration qui prendrait le titre de *Commission de la nouvelle Société des auteurs dramatiques français.*

Le nombre des membres de cette Commission devra correspondre avec celui des théâtres existant à Paris.

Tous les membres de la nouvelle Société des auteurs dramatiques, sans exception, seront successivement appelés à faire partie de cette Commission, en suivant l'ordre de leurs numéros d'inscription sur les contrôles.

Cette Commission sera renouvelée par moitié tous les six mois.

Le bureau de la Commission se composera de :
Un président ;
Deux vice-présidents;
Trois secrétaires, trois archivistes, trois trésoriers.

Les membres du bureau, choisis en dehors de la Commission, seront élus, chaque année, par

l'assemblée générale des membres de la Société,
au scrutin secret, à la majorité absolue, ou à la
majorité relative après deux premiers tours de
scrutin.

Chacun des membres de la Commission sera
délégué par elle auprès de l'administration d'un
théâtre qui lui sera particulièrement désigné,
pour veiller aux intérêts de la Société.

La Commission pourra conserver ainsi des
relations directes et suivies avec les différents
théâtres.

Tout auteur, célèbre ou inconnu, représenté
ou non représenté, après avoir réalisé le dépôt
du manuscrit de son œuvre dans les bureaux de
déclaration et de dépôt des œuvres dramatiques inédites, fondés par la Société nouvelle,
pourra adresser au président une demande
d'audition de sa pièce.

Les demandes de lecture adressées au président seront inscrites sur un registre spécial,
avec une date et un numéro d'ordre rigoureu-
sement exacts.

La réponse adressée à l'auteur postulant reproduira ce numéro d'ordre, et lui indiquera le
jour où il pourra être entendu.

Les membres de la Commission, divisée en trois sections distinctes, seront alternativement désignés pour entendre la lecture des pièces à examiner.

L'avis favorable de la majorité de la section de service, qui votera à huis clos et au scrutin secret, entraînera l'admission immédiate de l'auteur entendu dans la nouvelle Société des auteurs dramatiques.

L'admission sera prononcée à la majorité d'une seule voix.

Le secrétaire attaché à la section qui aura prononcé l'admission adressera, le lendemain même de la lecture, à l'auteur de l'ouvrage applaudi, un extrait du procès-verbal de cette lecture, signé par tous les membres présents et revêtu du cachet de la Société,

Encouragé par la décision favorable de la Commission, entrant sous ses auspices dans la carrière du théâtre, dirigé dans ses démarches, éclairé sur ses droits, préservé des collaborateurs, armé contre les plagiaires, l'auteur d'une œuvre dramatique à laquelle un sujet heureusement choisi, une intrigue habilement conduite, un style nerveux et soutenu assurent un succès légitime, sera certain d'avance d'être bien accueilli par les directeurs de théâtres, dont il obtiendra des conditions raisonnables.

Il faudrait encore que les membres de la nouvelle Société des auteurs dramatiques, inspirés par un généreux dévouement, soutenus par un courageux espoir, réunissent leurs talents, leurs ressources et leurs efforts pour obtenir l'abolition de ces traités scandaleux qui sacrifient l'indépendance de l'art déshonoré, et soumettent les auteurs asservis aux avares prétentions d'un égoïste privilégié qui exerce impitoyablement un audacieux monopole.

Il faudrait que les administrations théâtrales, proscrivant ces mesures inquisitoriales qui imposent aux auteurs inconnus l'examen secret de leurs ouvrages, soumis à des juges anonymes, adoptassent des conditions plus dignes et plus libérales, en décidant qu'à l'avenir les ouvrages présentés aux différents théâtres seront inscrits dans l'ordre de leur arrivée, et que les auteurs seront successivement entendus par les Comités de lecture, qui obtiendront une considération méritée en opposant le maintien rigoureux des droits acquis aux manœuvres de l'intrigue, aux exigences de la faveur.

Les administrations théâtrales pourraient seulement demander à un auteur inconnu un certificat d'admission dans la nouvelle Société des auteurs dramatiques ; mais le dépôt préalable de son manuscrit et l'examen secret de son ouvrage ne devront jamais lui être imposés.

Il faudrait que tous les auteurs sans exception fussent tenus d'apporter au Théâtre des ouvrages complétement terminés, et que les directeurs ne se contentassent plus de ces pâles ébauches soumises à leur complaisante approbation, par les grands faiseurs, qui abandonnent ensuite à des mercenaires le soin de les achever.

Il faudrait que les théâtres fussent complétement délivrés de la coupable industrie du collaborateur, « cette espèce d'araignée qui tapisse « de sa toile les portes des théâtres, pour sucer « les pauvres mouches qui viennent s'y faire « prendre [1]. » Il est évidemment impossible que

[1] N. Stab ; feuilleton de l'*Esprit public,* du samedi 20 juin 1846.

le poëte qui a pu concevoir et terminer seul
une œuvre dramatique, ne soit point capable
d'exécuter les corrections et les changements
imposés par les exigences de la mise en scène;
la collaboration n'est donc réellement qu'un
moyen ingénieux d'exploiter l'inexpérience d'un
jeune auteur assez facile pour payer chère-
ment un secours inutile, assez faible pour
sacrifier une partie de sa gloire à des craintes
imaginaires. Votre ouvrage a du mérite,
lui dit-on, mais la charpente est faible. Ce
n'est point assez enchevêtré, mouvementé, in-
cidenté. Qu'est-ce donc que l'art sublime de
la charpente dramatique? « C'est le métier,
« le métier avec ses ficelles si savamment em-
« brouillées, ses tours de force prodigieux, ses
« situations impossibles, ses incidents invrai-
« semblables, ses expédients usés, ses ressources
« banales; enfin, toutes ces inventions, tous
« ces perfectionnements, qui ont rendu Molière
« ridicule; Molière n'était qu'un peintre et non
« pas un charpentier [1]. » Que le jeune poëte
ne se laisse donc point étourdir par des phrases

[1] N. Stab; feuilleton du journal l'*Esprit public,* du jeudi
28 mai 1846.

sonores; qu'il relise seulement, qu'il étudie les œuvres nombreuses de ces habiles praticiens qui trafiquent volontiers de leur illustre concours; leur faiblesse lui révélant sa force, le fera rougir de sa timide crédulité.

Il faudrait, enfin, que les acteurs distingués consentissent à prêter l'utile appui de leurs talents supérieurs aux ouvrages bien conçus et bien écrits, et que leur préférence ne fût pas exclusivement acquise à des œuvres dont le mérite consiste souvent à leur offrir des rôles favorables au développement facile de leurs éminentes qualités.

Nous terminons ici cet écrit qui n'est qu'une protestation nouvelle contre l'exploitation privilégiée qui ferme le Théâtre aux talents inconnus.

Instruit par une pénible expérience, nous avons pensé qu'il était utile de révéler aux auteurs opprimés les moyens de conquérir et d'assurer l'indépendance de l'art dramatique.

Mais pour obtenir ce glorieux résultat, il faut se réunir, il faut combattre, il faut vaincre.

Il faut attaquer sans crainte et sans relâche les

influences égoïstes qui règnent au Théâtre, pour réussir enfin à les intimider, à les détruire.

Donnez à l'agneau les griffes du tigre, les loups fuiront devant lui.

FIN.

www.ingramcontent.com/pod-product-compliance
Lightning Source LLC
Chambersburg PA
CBHW070810260626
47161CB00006B/2237